Der heilige Michael

Malwida von Meysenbug

Wir waren uns in Venedig begegnet und da wir beide jung, lebensfroh und zum erstenmal in Italien waren, hatten wir uns einander angeschlossen und zusammen die Reise fortgesetzt. Er war ein unbemittelter Künstler, ich ein verwöhntes Kind des Glücks, von zärtlichen Eltern mit freigebiger Liebe erzogen, eben nach glänzendem Examen von der Universität geschieden, ein mit Leidenschaft der schönen Kunst der Malerei ergebener Dilettant und ein schönheitstrunkener Idealist, dem der Pessimismus des Zeitalters noch nicht in die junge Seele eingedrungen war.

Nun waren wir in Rom und genossen in vollen Zügen, was tausende vor uns genossen haben, was tausende nach uns genießen werden, so wie man den Frühling, der doch wiederkehrt, so lang die Welt steht, stets aufs neue mit seiner Blütenpracht genießt. Wir hatten bereits viele Wochen in den Wundern der Kunst und der Natur, welche die alte Zauberin Roma vereinigt, geschwelgt und waren noch nicht zu eigner Arbeit gekommen, denn auch ich, obgleich wie gesagt Dilettant, hatte die Absicht, zu kopieren, um ganz vertraut mit den großen Meistern zu werden und ihre Seele gleichsam zu belauschen, indem ich das Geheimnis ihres Schaffens und Verfahrens an der Quelle zu ergründen strebte. Endlich aber beschlossen wir doch, auch mit der Arbeit anzufangen und das Sehen nur noch als Hochgenuß und Lohn übrig zu lassen.

Eines Tages, nachdem wir am Morgen fleißig gezeichnet hatten, gingen wir nachmittags der Porta Pia zu, um uns draußen in der reinen, sonnendurchglänzten Winterluft und am Anblick der Berge zu erquicken. An der Piazza Barberini hielt mein Begleiter plötzlich inne und sagte lachend: »Nein, das ist doch arg, daß wir den *padri cappuccini* noch keinen Besuch gemacht haben und wäre es auch nur dem heiligen Michael des Guido Reni zu Ehren.«

»Ei, gehen wir gleich hinein,« erwiderte ich, »die Sonne steht noch hoch und wir haben noch Zeit, den Sonnenuntergang draußen sein glanzerfülltes Landschaftsbild malen zu sehen.«

Gesagt, getan. Wir traten in die kleine Kirche, die der Einfachheit des Ordens, dem sie angehört, entspricht und wandten uns sogleich zur ersten Kapelle rechts, wo Guido Renis heiliger Michael, von einem Vorhang verhüllt, sich befindet. Der herbeigerufene Mönch, der den Küster macht, zog den Vorhang zurück, wir stutzten beide und mein Gefährte rief: »Nein, ists möglich!« und sah mich erstaunt und lächelnd an.

»Das ist wirklich wunderbar,« sagte ich auch lächelnd, »das hätte ich nicht gedacht, daß ich mich hier zur höchsten Würde des Himmels, zum Erzengel erhoben, wiederfinden würde.«

»Aber das ist unerhört, solch eine Ähnlichkeit! Zug für Zug und auch die ungemeine Größe, die schlanke, jugendliche Gestalt alles genau ebenso nun, mein Lieber, ich gratuliere; man hat diesen heiligen Michael dem Apoll von Belvedere an Schönheit gleichgestellt ich habe Ihnen übrigens nie ein dummes Kompliment machen wollen, aber gedacht habe ich das Meinige schon lange«

»O bitte, keine Redensarten,« unterbrach ich ihn. »Aber wissen Sie, was mir einfällt? Ich werde eine Kopie des Kopfes von diesem meinem Doppelgänger machen und sie meiner Mama zum Geburtstagsgeschenk schicken. Sie ist so schon ein wenig in mich verliebt; wenn sie nun gar sieht, daß ich bereits unter den himmlischen Heerscharen eine Stelle ersten Ranges einnehme, so wird sie ganz außer sich sein vor Freude. Jedenfalls habe ich doch nun schon einmal in der Phantasie eines großen Künstlers gelebt.«

»Wer weiß auch, als was Sie schon damals in Wirklichkeit da waren,« versetzte mein Gefährte, den Kopf nachdenklich wiegend, »denn Guido hat seine Himmelsbewohner wohl nicht gerade aus der Luft gegriffen.«

»Ja, man könnte hier allenfalls an die Seelenwanderung glauben lernen und daß man schon einmal da war. Nur wenn ich ein Engel war, so bin ich degradiert.«

»Ach bewahre, es ist nur ein Argument gegen die Theorie von der Affenabstammung. Aber Scherz beiseite, ich will mal den Frater fragen, ob Sie hier malen können.«

Damit ging er dem Mönch, der sich etwas entfernt hatte, nach und da er besser italienisch sprach als ich, ließ ich ihn verhandeln und betrachtete einstweilen noch, nicht ohne ein geheimes Gefühl der Befriedigung, mein schönes Ebenbild, bis er zurückkam mit dem Bescheid, daß ich die Erlaubnis des Priors haben müsse und am folgenden Tage wiederkommen solle, um mir die Antwort zu holen. Dies geschah; ich erhielt die Erlaubnis, schaffte den nötigen Apparat in die Kapelle und begann mit Eifer, den Kopf des heiligen Michael zu kopieren.

Am zweiten Tage nachdem ich meine Arbeit angefangen hatte, sah ich, als ich morgens in die Kirche kam, in der Kapelle des Guido Reni einen Mönch im Gebet am Altare knien. Ich nahte mich leise und wollte mit so wenig Geräusch als möglich meine Arbeit beginnen, da mir jede Andacht heilig ist und es mir stets als ein Zeichen großer Roheit erschienen war, ein gläubiges Gemüt in seiner Konzentration zu stören; denn welcher Art auch die Überzeugung sei, die den Menschen dazu führt, anzubeten, immer ist er in diesem Moment geadelt und nur der Gute kann beten; dem Bösen wird dies »in sich sein« zur Qual; er spricht schaudernd wie der König im Hamlet: »Words without thoughts never to heaven fly.« Dieser Mönch aber gehörte gewiß zu den Guten, denn er war so tief versunken in sein Gebet, schien so weltentrückt, daß er mein Kommen offenbar nicht hörte und sich meiner Gegenwart nicht bewußt war.

Ein Blick auf ihn aber fesselte auch mich so, daß ich vor meiner Staffelei stehen blieb, die Palette in der Hand, und nicht an die Arbeit dachte. Hatte mich bei den meisten der Kapuzinermönche, denen ich in den Straßen begegnet war, das ungemein häßliche, ja oft widrig, fast bestialisch gemeine Aussehen abgestoßen und mir die Überzeugung beigebracht, daß das Klosterleben keinen sittlich veredelnden Einfluß ausüben kann, so sah ich nun hier eine Gestalt vor mir, die der entgegengesetzten Meinung Raum schaffen konnte, jedenfalls wenigstens eine Ausnahme von der Regel bildete. Der Betende war ein Greis, der zu den Idealtypen christlicher Andacht, wie die großen Meister sie geschaffen haben, als Vorbild hätte dienen können. Das Antlitz, von völlig weißem Haar und Bart umwallt, war von der klassischen Vollendung der Linien, die auch das Alter nicht zu zerstören vermag, und von dem Ausdruck einer erhabenen Resignation verklärt. Man sah es diesem Antlitz, ja dieser ganzen hohen, in demütiger Inbrunst hingestreckten Gestalt an, daß hier nicht bloß Lippen Worte murmelten, sondern daß eine Seele mit ihrem Gott verkehrte.

Ich war so vertieft in den Anblick, daß ich alles andere vergaß und plötzlich meine Palette aus der Hand fallen ließ. Der Lärm schreckte den versunkenen Beter auf; er seufzte tief, richtete sich auf und gewahrte mich nun. Ein kleiner Schrei entfuhr seinen Lippen und sein schönes, dunkles Auge heftete sich auf mich mit einem Ausdruck unbeschreiblichen Erstaunens. So sahen wir uns einige Sekunden lang sprachlos an; ich durch die Betrachtung der edlen Erscheinung gefesselt, er, ich wußte nicht von welchem Gedanken bewegt. Dann sagte er mit leiser, bebender Stimme: »Verzeiht, o Herr seid Ihr wirklich der Maler, der hier kopiert oder«

»Ein Maler bin ich nicht, ehrwürdiger Vater, aber ich liebe die Kunst und kopiere Euren heiligen Michael,« erwiderte ich, indem ich ihn etwas befremdet ansah.

»Ihr seid kein Maler« rief er, »so seid Ihr so seid Ihr der Himmlische selbst seid gekommen mich zu rufen? seid ein Bote habt endlich mein Gebet erhört?«

Und die magern, weißen Hände wie zu inbrünstiger Bitte faltend, schaute der hehre Greis mit solchem Ausdruck gläubiger Ekstase zu mir auf, daß es mir in dem Augenblick fast leid tat, nicht der Himmelsbewohner zu sein, für den er mich hielt und ihn enttäuschen zu müssen. Ich dachte indes doch, einen Geistesgestörten vor mir zu haben, denn es war mir unwahrscheinlich, daß ein Mönch des neunzehnten Jahrhunderts noch so viel kindlichen Glauben haben sollte.

»Ehrwürdiger Vater, ich bin kein Engel, ich bin ein Mensch wie Ihr,« sagte ich lächelnd, »aber man sagt, ich soll dem heiligen Michael da auf dem Bilde gleichen.«

Ein Ausdruck der Trauer flog über die Züge des Mönches und er sagte schmerzlich: »Ihr seid es nicht? seid ein Mensch? seid nicht gekommen mich zu erlösen? Aber doch wenn auch Ihr seid ein Zeichen ich verstand es nur falsch es war ja offenbar ich hatte so heiß gefleht um das ersehnte Zeichen und nun, wie ich aufsehe, steht Ihr da ganz so wie er der Heilige in Person«

»Guter Vater,« unterbrach ich ihn voll Mitleid, denn nun war ich überzeugt, einen Irren vor mir zu sehen, »der Erzengel bin ich nicht, aber vielleicht gibt er mir die Macht, Euch zu trösten und zu helfen, wenn Ihr Hilfe und Trost bedürft.«

Die großen, dunkeln Augen öffneten sich weit, schauten mich mit einem tiefen Blick an, als wollten sie mein Innerstes ergründen und über das schöne Greisenantlitz verbreitete sich ein Schimmer ekstatischen Entzückens. »Ja, Ihr seid ein Bote, ich fühl' es ich ahn' es,« sagte er freudig, »vielleicht ohne daß Ihr es wißt, seid Ihr gesandt, mir die Erlösung zu verkünden. So sollt Ihr denn wissen, wen Ihr befreit und daß Ihr eine himmlische Mission erfüllt. Setzt Euch zur Arbeit, ich werde mich zu Euch setzen und Euch von vergangenen

Dingen erzählen, die manchen bekannt waren und von Seelengeheimnissen, die nur ich kenne und von denen ich nie mit einem lebenden Wesen gesprochen habe. Dann werdet Ihr verstehen, warum mich Euer Anblick so tief ergriffen hat.«

Ich tat, wie er sagte, nicht ohne Spannung der Mitteilung entgegensehend, die sich so seltsam ankündigte und durch die besondere Umgebung und die anziehende Persönlichkeit des Mitteilenden den geheimnisvollen Reiz des Romantischen erhielt, das die Jugend immer anzieht.

Ich nahm Pinsel und Palette zur Hand und fing an zu malen, doch galt meine Aufmerksamkeit diesmal nicht sehr dem heiligen Michael, sondern mehr und mehr dem Mönch, der neben mir Platz genommen hatte, wie um meiner Arbeit zuzusehen und so seine längere Gegenwart bei mir weniger auffallend für seine Ordensbrüder zu machen.

»Als ich jung war wie Ihr,« begann der Mönch, »da dachte ich nicht, daß ich meine Tage im Kloster beschließen würde. Ich war aus einer guten bürgerlichen Familie; mein Vater war Beamter, hatte kein Vermögen außer seinem Gehalt, gab mir aber, nach den damaligen Begriffen, eine gute Erziehung und glaubte bestens für mich gesorgt zu haben, als er mir eine Offiziersstelle in der päpstlichen Armee unter Papst Gregor XVI. verschaffte. Ich war auch vollständig damit zufrieden; die glänzende Uniform, die, wie alle sagten, mir gut stand, gefiel mir; ich war heiter, voller Lebensmut und verlangte nichts Besseres, als meine Tage im angenehmen Müßiggang des Offizierslebens in der päpstlichen Armee hinzubringen und von den Freuden der Erde so viel als möglich zu genießen. Es schien mir, als sei das Dasein nur zum Glück und zum Genuß geschaffen und ich schauderte zurück vor dem christlichen Symbol des Leidens; ja, ich war so recht eigentlich ein Heide in meiner Gesinnung und träumte nur von Rosen- und nicht von Dornenkronen. Doch beobachtete ich äußerlich alle Formen der Kirche, wie es sich für einen Offizier des heiligen Vaters geziemte und wie ich es alle tun sah, die im Herzen nicht gläubiger waren als ich selbst. Eines Tages hatte ich mich auch in diese Kirche begeben, um der Messe beizuwohnen. Es war ein Fest und die Kirche war voller Menschen, so daß ich dicht an diese Kapelle herangedrängt wurde. Hier knieten vor dem Altar des heiligen Michael zwei Frauen, die ihrer Kleidung nach den höchsten Ständen angehören mußten. Die eine, deren Antlitz mir halb zugewendet war, eine Frau in mittleren Jahren, war von einer strengen, beinahe harten Schönheit. Das Gesicht der andern konnte ich nicht sehen, doch verriet die schlanke, feine Gestalt ein Mädchen in erster Jugend. Ziemlich zerstreut der heiligen Handlung folgend, kehrte mein Blick immer wieder zu dieser Gestalt zurück, die ganz in Andacht versunken, anmutig vor mir kniete. Als die Messe vorüber war, erhoben sich die Frauen und die jüngere wandte sich um, so daß ihr Gesicht mir voll sichtbar wurde. Was soll ich Euch sagen von der Schönheit dieses Angesichts? Die heilige Jungfrau, wie sie die schönsten Eingebungen der großen Maler uns darstellen, ist nicht schönheitstrahlender, nicht anmutsvoll unschuldiger und liebreizender gedacht worden. Wie ein Wunder war dieses Mädchenantlitz anzusehen und noch jetzt, nach den Leiden und Seelenkämpfen eines halben Lebens, nachdem ich in Betrachtung der ewigen Dinge alle irdische Regung ertötet zu haben meine, kommt es über mich wie ein süßes Erschrecken, wenn ich jenes ersten Blickes gedenke, in dem sich unsere Augen begegneten und unsere Herzen sich fanden. Denn es war so, wie die Heiden es ausdrückten, es war Amors Pfeil, der das Herz traf, augenblicklich, unwiderstehlich, auf immer. Und auch ihr war es so geschehen, denn aus den dunkeln Samtaugen strahlte es wie eine plötzliche Offenbarung, wie ein freudiges Erkennen; eine leise Röte flog gleich Morgenrot über die liebliche Blässe ihrer Wangen, auf die sich die langen Wimpern wie Schleier niedersenkten und den Strahl der Augen verdeckten. Von einer Bewegung erfaßt, die stärker war als die Vernunft, wandte ich mich hastig dem Weihwasserbecken zu, tauchte meine Finger ein und im Augenblick, wo die Reizende sich nahte, bot ich ihr die geweihte Gabe dar. Sie sah zu mir auf o Herr! mit einem Blick, der mich im Innersten erbeben machte, neigte sanft das Köpfchen zum Dank und berührte mit den Fingerspitzen die meinen, um mit dem dargebotenen Naß das Zeichen des Kreuzes vor der Stirn zu machen! Die Berührung durchzuckte mich wie ein elektrischer Schlag. Der ganze Vorgang war das Werk eines Augenblicks gewesen und von der älteren Dame, die steif und stolz einen Schritt voranging, gar nicht bemerkt worden. Die Damen traten aus der Kirche, ich drängte mich durch die Menschenmenge ihnen nach und sah, wie ein Diener in reicher Livree eben den Schlag einer eleganten Kutsche öffnete und der älteren Dame einsteigen half. Im Begriff ihr zu folgen, wandte die jüngere noch einmal den Kopf und ich täuschte mich nicht die seelenvollen Augen suchten und fanden mich. Ich war außer mir; in mir tobte ein Vulkan, die Wonneschauer der ersten, allgewaltigen Liebe brachen über mich herein wie ein Frühlingsregen, der in einer Nacht alle Knospen öffnet. Gleich einem Unsinnigen faßte ich den Arm eines Mannes, der neben mir aus der Kirche trat und fragte hastig, wem die Kutsche gehöre, die eben dahinführe. Er sah mich finster an und sagte kurz: ›Was weiß ich.‹ Ich rannte dem Wagen nach, mußte die Verfolgung aber doch aufgeben, da er zu schnell aus einer Straße in die andere fuhr und mir aus dem Gesicht entschwand. Tagelang lief ich nun wie ein Trunkener umher, nur von dem Gedanken erfüllt, das wunderbare Geschöpf wiederzufinden, dessen Bild Tag und Nacht vor meiner Seele schwebte. Doch blieb mein Suchen ohne Erfolg; ich begann schwermütig zu werden; mein heiterer Sinn verschwand und ich wurde gleichgültig gegen die Vergnügungen, die mich sonst angezogen hatten. Meine Eltern fingen an, sich meines verstörten Aussehens wegen zu beunruhigen, meine Kameraden begannen mich zu necken und nach dem Gegenstand meiner heimlichen Neigung zu forschen, denn daß es Liebesgram sei, der mich verzehre, daran zweifelte keiner. Eines Abends stand ich, schon ganz hoffnungslos, wie ein Träumender an einen Baum gelehnt, auf dem Pincio, zur Zeit, wo das elegante Rom dort die Luft zu genießen und die Sonne hinter Sankt Peter untergehen zu sehen liebt. Fast teilnahmslos schaute ich auf die Reihe der Wagen, die an der großen Terrasse zu halten pflegen, wo dann die umherstehenden jungen Kavaliere Zeit finden, an den Wagenschlag heranzutreten, um mit den Damen im Wagen ein paar Worte zu wechseln. Es war mir gleichgültig, daß manch freundlicher Blick aus schönen Frauenaugen sich auf mich wandte; ich dachte nur an das schönste Frauenantlitz, das ich je gesehen und kam fast dazu, die Erscheinung für einen Traum zu halten, nach dem ich mich doch nun ewig werde sehnen müssen. Da durchzuckte es mich plötzlich wie eine Flamme; dicht vor mir fuhr ein Wagen auf, in dem zwei Damen saßen, die ich sogleich als die erkannte, die ich in dieser Kapelle gesehen und von denen die eine der Gegenstand all meines Denkens und Empfindens geworden war. Sie saß nach der Seite hin, auf der ich stand. Von heftigster Bewegung ergriffen, hielt ich mich an dem Baum, als sie den Kopf wandte und mich erblickte. Zarte Röte überflog ihre Wangen und ihre Augen leuchteten mir das Zeichen des Erkennens entgegen. War es nur Zufall, Verwirrung oder Absicht, genug: in dem Augenblick, wo die Mutter grüßend sich nach der andern Seite des Wagens zu zwei Herren, die hinzugetreten waren, wandte, fiel eine Rose, welche die Tochter in der Hand gehalten und ihr Taschentuch auf den Boden zu meinen Füßen. Ich bückte mich im Nu, beides aufzuheben und überreichte ihr das feine Spitzentuch, während ich die Rose zögernd zurückhielt und mein Blick sie mir als Gabe erflehte. Ein bezauberndes Lächeln umspielte den kindlichen Mund; sie wandte sich rasch zur Mutter, wie um es zweifelhaft zu lassen, ob es eine Gabe oder nur vergessen sei und nahm an dem Gespräch mit den Herren teil. Aber ehe der Wagen sich in Bewegung setzte, streifte mich noch ihr Blick und sie sah die entzückte Bewegung, mit der ich die Rose an meine Lippen drückte.

In dem einen der Herren, die zurückgetreten waren und dem fortrollenden Wagen nachsahen, erkannte ich einen jungen toskanischen Grafen, den ich im Café, wo die jungen Leute sich zu versammeln pflegen, kennen gelernt hatte. Ich begrüßte ihn hastig und fragte nach dem Namen der Damen, mit denen er soeben gesprochen. Er meinte lachend, ich scheine ja ganz aufgeregt und setzte hinzu: »Das ist auch gar nicht zu verwundern; das schönste Mädchen in Rom, ja vielleicht in Italien und noch dazu eine reiche Erbin da genügt ein Blick, um einem den Kopf zu verdrehen.« Ich faßte mich gewaltsam und erwiderte gleichgültig: »O, es war bloße Neugierde, weil ich Sie so entflammt sah.«

Er lachte wieder voll frivoler Selbstgefälligkeit und sagte: »Nun, die Marchesina Seriola ist es wert, daß man sich ein wenig aus seiner Ruhe herausbegibt, wenn man auch seiner Sache so ziemlich gewiß sein kann.«

Ich sah ihn mit einem Blick des Hasses an und verließ ihn. Eifersucht durchtobte mich; schon schien es mir, als dürfe kein anderer es wagen, dem Götterbild in Anbetung zu nahen außer mir, der ihm bereits einen Altar in meinem Herzen errichtet hatte und es in glühender Andacht, wie man sie dem Göttlichen weiht, verehrte. Und doch was konnte dieser selbstgefällige Geck sich einbilden neben dem Pfand, das ich in Händen hielt? Die Rose war mir die Verheißung eines unermeßlichen Glückes, das zu erringen ich nun begeistert den Mut fühlte. Meine Phantasie sprengte, mit diesem Talisman in Händen, kühn alle verschlossenen Pforten, die zu meinem Paradiese führten und wünschte sich Heldenproben, um als ritterlicher Sieger den höchsten Preis zu verdienen. Ich eilte hierher in die Kapelle, warf mich vor dem heiligen Michael nieder und flehte ihn an, der Schutzengel meiner Liebe zu sein, indem ich den Boden küßte, auf dem sie gekniet und wo ich sie zum erstenmal gesehen hatte. Mein Herz klagte mich nicht an, daß ich ein Sakrilegium begehe, denn die Flamme, die in mir brannte, stieg wie Opferduft zu Gott auf und machte mich frömmer als ich je gewesen.

Am folgenden Morgen trieb mich die Unruhe, die sich meiner bemächtigt hatte, schon früh wieder aus dem Hause und ein unbestimmtes Sehnen zog mich aufs neue in diese Kirche zur Frühmesse und wer beschreibt mein Glück hatte der heilige Michael meine Liebe in Schutz genommen genug: die Geliebte erschien im Morgenkleide, nur einen schwarzen Schleier über den Kopf geworfen, was sie noch reizender aussehen machte, und diesmal nicht in Begleitung der stolzen Mutter, sondern gefolgt von einer ältlichen Duenna von gutmütigem Äußern, die, wie ich später erfuhr, von Kindheit auf ihre Wärterin und ihre leidenschaftlich ergebene Dienerin gewesen war. Ein süßes Erschrecken malte sich auf ihrem Angesicht, als sie mich erblickte; sie lenkte ihre Schritte wieder hierher zur Kapelle, kniete am Betpult nieder und neigte in Andacht den Kopf. Die Kirche war ziemlich leer in der frühen Stunde; in der Kapelle waren wir drei allein und mir war es, als wären wir überhaupt allein auf der Welt, nicht mehr auf der Erde, sondern in einer höheren Region und als schwebe der Erzengel segnend über unserem Bund. Ich fühlte, daß unsere Seelen ineinanderflossen im Gebet und daß die Liebe auf goldnen Schwingen unser Flehen vereint vor den Thron Gottes trug. Konnte ihm dies Flehen zweier junger Herzen mißfallen, die in Liebe fühlten, daß er die Liebe ist? Ich dachte es damals nicht, denn ich hatte mich nie frömmer und reiner gefühlt als in jenen Augenblicken. Und verehrte ich den Schöpfer nicht, indem mein Auge unverweilt auf seiner holdesten Schöpfung ruhte, die in sanftem Erglühen, fühlend, wie mein Blick an ihr hing, ihm das Geheimnis ihres unschuldigen Herzens erschloß?

Die Messe schien mir zu kurz an diesem Morgen und auch die Schöne weilte länger auf den Knieen als nötig war. Als sie sich erhob, nahte ich mich mit ehrerbietigem Gruß und bot ihr abermals das Weihwasser dar. Sie nahm es und wie silberner Glockenton tönte mir ihr: »Grazie, Signore«, das ein süßes Lächeln begleitete. Ermutigt und fühlend, daß ich diese Begleiterin nicht zu fürchten hatte, tat ich die Frage, ob sie öfter die Frühmesse besuche. Sie nannte mir zwei Tage in der Woche, wo sie hierher zu kommen pflege und entfernte sich mit freundlichem Gruß. Ich wagte nicht, ihr zu folgen, um nicht unbescheiden zu erscheinen. Auch hatte ich ja nun schon so viel erreicht, daß mir schwindelte vor Glück. Am Abend sah ich sie beinahe täglich auf dem Pincio vorüberfahren, immer mit der Mutter, öfter auch mit dem Vater. Aber trotz der strengen, kalten Miene beider Eltern gelang es stets, einen vielsagenden Blick der schönen Augen zu erspähen und meinerseits eine stumme Sprache zu ihr zu reden, die, wie ich fühlte, verstanden wurde. An den Morgen, wo ich sie hier wiederzufinden wußte, war ich stets schon vor Beginn der Messe da. Sie erschien auch frühzeitig, wir tauschten einige Worte, beteten wieder in dieser Kapelle vereint und Liebe und Andacht flossen in eins zusammen. Als sich dies einige Zeit wiederholt hatte, überreichte ich ihr eines Morgens einen Strauß, zwischen dessen Blättern ein Briefchen verborgen war, das die Geschichte meiner Empfindungen seit unserm ersten Begegnen enthielt und sie beschwor, mir, wenn diese Empfindungen in ihrem Herzen nur das kleinste Echo weckten und sie es der Mühe wert fände, mich näher kennen zu lernen, eine Zeile der Ermutigung als Antwort zu gönnen. Sie nahm den Strauß mit holdem Danke an. Ich verbrachte zwei Tage in tiefer Herzensnot, da ich ja nicht wissen konnte, trotz allem, was mein Herz mir zuflüsterte, wie sie das Geständnis aufnehmen und ob sie nicht dem zarten Verkehr ein Ende machen werde. Wie jubelte daher meine Seele, als beim folgenden Frühmessebesuch sie mir beim Weggehen ein Briefchen gab und daraus auch vor der Wärterin kein Geheimnis zu machen schien. Sie schrieb, daß auch sie sich durch eine tiefe Sympathie zu mir hingezogen fühle, daß ihr Herz und ihre Hand noch völlig frei seien und daß sie wünsche, mehr von mir zu wissen. Ich verschlang die geliebten Schriftzüge mit den Augen und las die Worte so oft, daß ich sie bald auswendig wußte.«

Der Mönch unterbrach hier seine Erzählung, indem er sich zu mir wandte und sagte: »Ich sehe es Euch an, daß dieses schnelle Entflammen und Gewähren Euch befremdet. Vielleicht würde das in Eurem kalten Norden ein Mangel an Zartheit des Gefühls, an Sitte sein. Hier bei uns ist es das nicht. Allmächtig wie unsere Sonne, die mit heißem Strahl den Blumenkelch öffnet, dringt die Liebe in unser Herz und wir erkennen ihr absolutes Recht so vollständig an, daß auch das reinste Herz nicht zögert, sich ihr hinzugeben. Jenes Mädchen war ein Engel an Unschuld und Güte. Sie hatte eben erst ihr sechzehntes Jahr zurückgelegt, war vor kurzem aus dem Kloster, in dem sie erzogen worden war, in das reiche, vornehme

Elternhaus zurückgekehrt, wo das Leben sie wie in Goldwolken hüllte und sie noch nicht zu der Ahnung hatte kommen lassen, daß es Schweres, Unerreichbares, Vernichtendes im Leben gebe. Da traf die Liebe beim ersten Blick ihr Herz und sie folgte dem süßen Zuge, gleich als könnte es nicht anders sein, schuldlos und rein wie die Blumen des Paradieses, ehe die Sünde dasselbe entweihte.

Von nun an verging kein Tag, an dem ich nicht abends auf dem Spaziergang den beredten Gruß ihrer Augen empfangen hätte. Ebenso wiederholte sich wenigstens ein- oder zweimal die Woche unser Zusammentreffen hier in der Kapelle. Der heilige Michael war unser Schutzengel, wie wir ihn in unseren Briefen scherzend nannten, denn es fand jetzt ein eifriger Austausch von Briefen zwischen uns statt, den die alte Barbara, die ganz offen unsere Vertraute geworden war, vermittelte. Diese Briefe enthielten die ekstatischen Ergüsse meiner Leidenschaft und Paradieseslieder der Liebe, Unschuld und Hingebung von ihrer Seite. Wir waren zu selig in diesem Verkehr, um zunächst an anderes zu denken; eines Tages aber kam ein Brief von ihr voll Bestürzung, in dem sie mir schrieb, die Eltern sprächen von einer Verbindung mit eben jenem toskanischen Grafen und so wie sie ihre Eltern nun kennen gelernt habe, sehe sie voraus, man werde ihren Willen kaum berücksichtigen, da die Partie eine glänzende sei und die Eltern den Grafen ganz offen begünstigten, so daß sie genötigt sei, ihn beinah täglich zu sehen. Sie fügte hinzu, daß ihr Herz aber nur mir gehöre und daß sie eher das Äußerste tun würde, als sich zu der Heirat mit dem ihr verhaßten Manne zwingen zu lassen. Dieser Brief brachte mich zur Verzweiflung; ich schrieb wieder und beschwor sie, mir endlich eine längere Zusammenkunft zu gewähren, damit wir gemeinsam über die zu ergreifenden Mittel, ihre Eltern zu unseren Gunsten zu stimmen, beraten könnten. Anfangs zögerte sie, schrieb von unüberwindlichen Schwierigkeiten, dann aber, nachdem eines Tages der Graf offen als Bewerber aufgetreten war, kam die alte Barbara mit der Botschaft von ihr, ich solle mich abends um elf Uhr an der kleinen Seitenpforte des Palastes ihrer Eltern einfinden und auf ein gegebenes Zeichen werde Barbara mir öffnen.

Mir verging der Tag wie im Fieber. Als die ersehnte Stunde schlug, stand ich an der Seitenpforte des Palastes, den ich schon unzählige Male an Abenden und in Nächten umwandert hatte und an dessen Außenseite ich jeden Stein kannte. Ich gab das verabredete Zeichen, worauf die Tür sich geräuschlos öffnete und sich ebenso hinter mir schloß. Barbara führte mich schweigend, mit leisen Schritten, einen dunklen Gang entlang, an dessen Ende wir in einen Garten hinaustraten, der sich hinter dem Palast weithin ausdehnte. Wir schritten weiter hinter dichten Lorbeergebüschen, die uns jedem Späherauge entzogen. Aber es war auch um uns tiefe Stille, nur die Nachtigall flötete in langgehaltenen Tönen durch die laue Frühlingsnacht; Duft der Orangenblüten erfüllte die Luft und durch das dunkle Laub zitterte das Silberlicht der letzten Mondsichel und ließ einen Pavillon von weißem Marmor sichtbar werden, vor dem wir stillstanden. Einige Stufen führten hinan. ›Steigt hinauf,‹ flüsterte meine Führerin, ›ich halte hier Wache.‹

Wie den seligen Schatten gewesen sein mag, wenn Elysium sie empfing, so war es mir, als die Tür oben sich öffnete und im magischen Schein einer rosa Kristallampe, die das tempelähnliche Gemach erhellte, das schönste Wesen, das je eine sterbliche Phantasie geträumt, in einfachem, weißem Gewande vor mir stand. Ich sank zu ihren Füßen und zum erstenmal genoß ich das überwältigende Glück, ihr mündlich alles sagen zu können, was ich ihr bereits schriftlich vertraut und das Geständnis ihrer Liebe von ihren Lippen zu küssen. Vor dem holden Wunder, das ich in meinen Armen hielt, versank mir die Welt und auch sie war so ganz Zärtlichkeit und Hingebung, daß die Stunden vergingen, ohne daß wir an etwas anderes gedacht hätten als an die Seligkeit, beieinander zu sein. Barbara kam endlich, uns dringend zum Scheiden zu mahnen, da der Tag herannahe und sie mich sonst nicht unbemerkt fortbringen könne. Es war ein herbes Weh, sich von so viel Glück zu trennen, aber ich ertrug es, als Camilla mir das Versprechen gab, mich in der zweitfolgenden Nacht wieder einzulassen und mir dann mitzuteilen, was sie als den besten Weg zu dem Herzen ihrer Eltern ersonnen. Die treue Führerin brachte mich ungesehen zum Eingang des Palastes zurück und sagte seufzend: »Ich weiß wohl, ich hätte es nicht tun sollen, aber wer kann den Bitten und Tränen des Kindes widerstehen? Auch vertraue ich Ihrer Ehre und bei der Hochzeit wird mir Absolution.«

In der zweiten Nacht nach dieser umfing uns der Marmortempel wieder und die Blüten dufteten noch süßer und die Nachtigall flötete noch zärtlicher und wir genossen noch wonnevoller den schönen Traum der Liebe, bis endlich beim Mahnruf an das grausame Scheiden Camilla mir mitteilte, daß sie entschlossen sei, am nächsten Tage ihren Eltern alles zu sagen und ihr Herz so mit Bitten zu bestürmen, daß sie hoffe, ihre Einwilligung zu unserem Bunde zu erlangen, um so mehr, als sie mit größter Festigkeit erklären werde, dem Grafen nie ihre Hand reichen zu wollen. Immer wieder schloß sie mich in ihre Arme und rief: »Ich schwör' es bei unserem Schutzengel, daß ich nur dir angehören will auf Erden und im Himmel; es komme was da wolle, du bist mein Bräutigam oder der Tod.«

Fast gewaltsam mußte die Amme uns trennen. Der Tag verging mir wie dem Gefangenen, der sein Urteil über Leben und Tod hören soll. Am Abend bei der gewöhnlichen Begegnung auf dem Pincio, wollte sie als Zeichen der Gewährung eine Rose fallen lassen. Ich war schon lange vor der Zeit, wo sie zu erscheinen pflegte, dort und stand, nur eines Gedankens mächtig, in Erwartung des bekannten Wagens. Plötzlich hörte ich mich beim Namen nennen, sah auf und erblickte jenen toskanischen Grafen, in dem ich jetzt meinen Rivalen haßte. Er sah mich mit seinem frivolen Lächeln an und sagte: »Aber was ist denn mit Ihnen geschehen? Sie sind ja ganz unsichtbar, im Café trifft man Sie nicht mehr, Sie sehen immer so zerstreut und geistesabwesend aus, daß Sie Ihre Bekannten auch hier nicht mehr sehen und grüßen. Lassen Sie mich Ihnen einen Rat geben,« fuhr er vertraulich fort, indem er mich am Arm faßte und leiser hinzusetzte: »Es ist kein Geheimnis mehr, wem Sie hier aufpassen, alle Welt hat es bemerkt; ich meine es gut mit Ihnen und rate Ihnen, schlagen Sie sich die Geschichte aus dem Kopf; diese Frucht hängt zu hoch für Sie, mein Freund; es gibt Leute, die zufolge ihres Namens und ihres Vermögens gegründete Hoffnung haben, die Einwilligung der Eltern zu erlangen, was Ihnen wohl nie gelingen dürfte. Es gibt noch mehr hübsche Mädchen, wo es für einen schönen Menschen, wie Sie, leicht sein wird«

Ich ließ ihn nicht ausreden, stieß zornig seinen Arm zurück und hätte dem Elenden, der es wagte, so an das heilige Geheimnis meines Herzens zu rühren, eine Züchtigung nicht erspart, hätte ich nicht in diesem Augenblick den ersehnten Wagen nahen sehen. Ich eilte rasch nach der Seite, wo ich gewöhnlich der Begegnung wartete, aber wer beschreibt meinen Schreck, als ich Camilla nicht im Wagen sah, sondern nur ihre Eltern. Sobald diese mich erblickten, befahl der Marchese dem Kutscher zu halten, stieg aus und kam auf mich zu.

»Mein Herr, ich muß Sie um eine Unterredung bitten,« sagte er kalt und vornehm, »ich erwarte Sie morgen früh um neun Uhr in meinem Kabinett und setze voraus, daß Sie, wenn Sie ein Mann von Ehre sind, nicht fehlen werden.« Ohne eine Antwort abzuwarten, mit kaum merklichem Gruß, wandte er sich und stieg in den Wagen zurück. Die Mutter warf mir einen Blick voll Zorn zu und noch ehe ich die Fassung wieder erlangt hatte, war der Wagen meinen Augen entschwunden. Schwarz und drohend stieg nun das Unglück wie ein Gespenst vor mir auf. Ich irrte die ganze Nacht in der Nähe des Palastes umher, in dem ich die Seligkeit des Himmels genossen hatte und über dem nun finstere Rachegeister unheilbrütend zu schweben schienen. Was war geschehen? was stand unserer Liebe bevor? Ich hoffte irgendein Zeichen zu erspähen, vielleicht Barbara zu sprechen, aber nichts rührte sich; es war alles wie ausgestorben; nur aus dem Garten tönte einmal ein langer klagender Ton der Nachtigall und drang mir so sehnsuchtsvoll ins Herz, daß heiße Tränen mir aus den Augen stürzten und meine Seele im Schmerz vergehen wollte. Dann aber richtete die Hoffnung mich wieder auf und ich sagte mir, daß die Eltern doch nicht so grausam sein könnten gegen das einzige Kind und daß sie uns vielleicht nur harte Proben auferlegen würden, um die Beständigkeit unserer Neigung zu prüfen. Ich war bereit, das Schwerste zu ertragen, um die Geliebte zu erringen.

Endlich kam der Morgen und ich raffte alle meine Energie zusammen, um dem Marchese männlich und würdig zu begegnen. Im Palast wurde ich von einem Diener, der mich zu erwarten schien, in das Kabinett des Marchese geführt und daselbst allein gelassen. Nach einiger Zeit trat der Vater Camillas ein. Sein finsteres Aussehen weissagte nichts Gutes. Ohne mir Zeit zu lassen, ein Wort zu sagen, ohne mir nur einen Sitz anzubieten, erklärte er mir ohne Umschweife mit kurzen, harten Worten, wie er und die Marchesa wohl bemerkt hätten, daß ich auf öffentlichen Spaziergängen ihrer Tochter zu begegnen gesucht habe, daß man mich in der Nähe des Palastes umherstreifend gesehn hätte und daß dies Benehmen bereits ihr Mißfallen erweckt habe, daß sie es aber unter ihrer Würde gehalten hätten, dagegen einzuschreiten, weil sie mir doch die Keckheit nicht zugetraut hätten, meine Gedanken bis zu ihrer Tochter zu erheben. Da ich aber, nach dem Geständnis seiner Tochter, es gewagt habe, sie mit Liebesbriefen zu bestürmen und da es mir gelungen sei, das Herz des unerfahrenen Mädchens durch meine Schönheit und meine Worte zu bestechen, so sehe er sich genötigt, mir zu erklären, daß ich von nun an mein Betragen zu ändern habe, daß die Verbindung zwischen mir, dem armen Bürgerlichen, und der reichsten Erbin Roms eine Unmöglichkeit sei; daß seine Tochter so gut wie verlobt sei und daß von nun an die allerstrengste Aufsicht jeden Verkehr zwischen uns unmöglich machen werde.

Stolz, Zorn, Schmerz, Verachtung kämpften in meiner Seele, während er sprach; meine Hand zuckte mehr als einmal nach dem Degen an meiner Seite, aber der Gedanke, daß es Camillas Vater sei, der so hoffärtig vor mir stand und so kränkende Dinge sagte, gab mir die Kraft, meine Empörung zu bekämpfen. Ich wies nur mit stolzem Ernst die Anklage zurück, als habe ich mit unwürdigen Mitteln seiner Tochter Herz bestrickt, schilderte ihm mit der Beredsamkeit der Liebe, wie unsere Herzen sich beim ersten Blick gefunden, wie ich nichts Höheres, Heiligeres kenne als diese Liebe und daß ich in mir die Kraft fühle, jede Auszeichnung zu erringen, durch die ich den Mangel der adligen Geburt und des Reichtums aufwiegen könne. Ich bat, ich beschwor ihn, irdischen Vorurteilen nicht das Glück zweier Herzen zu opfern, ja ich warf mich ihm endlich in Tränen zu Füßen und flehte ihn an, uns nicht zu trennen, mich kennen zu lernen, mich auf die Probe zu stellen, ob ich seiner Tochter nicht wert sei. Er hörte mir mit eisiger Kälte zu und als ich vor ihm kniete, sagte er kurz und finster: »Stehen Sie auf aus dieser eines Mannes und Offiziers unwürdigen Stellung. Es ist alles umsonst, mein Entschluß ist unwiderruflich fest. Wollten Sie noch irgend Versuche machen, sich meiner Tochter zu nahen, so würde ich mich an Ihre Vorgesetzten wenden müssen und meinem Einfluß würde es leicht gelingen, Sie einer strengen Rüge zu unterwerfen.«

»Und das Herz Ihres Kindes, gilt Ihnen auch das nichts?« rief ich aufspringend und ihn mit zornfunkelnden Augen ansehend, indem meine Hand nach der Waffe an meiner Seite griff.

Er trat einen Schritt zurück, legte die Hand an die Klingelschnur und sagte: »Nicht weiter, junger Tor; das geringste Vergehen Ihrerseits und Sie sind ein Gefangener und entehrt. Das Herz meiner Tochter das ist unsere, der Eltern, Sorge. In der glänzenden Verbindung, die ihrer wartet, wird sie bald die kleine Verirrung vergessen.« Mit diesen Worten verließ er das Zimmer.

Vernichtet, ein Verzweifelter, eilte ich aus dem Palast und schwankte in meiner Eltern Haus. Sie erschraken, als sie meinen Zustand sahen. Ihre Bitten und Tränen entlockten mir das Geständnis des Vorgefallenen. Mein Vater, mit Recht voller Selbstgefühl auf seinen redlichen, unbescholtenen Namen, entschloß sich aus Liebe zu mir, zu dem Marchese zu gehen. Er wurde nicht vorgelassen. Meine Verzweiflung sehend, überwand er seine Empörung und erbat sich eine Audienz bei einem der einflußreichsten Kardinäle, der ihm vielen Dank schuldig war und ihm sehr wohlwollte. Er trug ihm die Geschichte meiner Liebe vor und bat ihn um seine Verwendung bei den Eltern Camillas. Der Kardinal versprach, sein Möglichstes zu tun, erteilte aber nach wenigen Tagen meinem Vater den Bescheid, daß alles umsonst sei; der Marchese und seine Frau seien unerbittlich; die Vermählung Camillas mit jenem Grafen sei eine abgemachte Sache und werde in einigen Monaten stattfinden, der Graf sei bereits abgereist, um seinen Palast zum Empfang der Braut einzurichten. Übrigens werde Camilla in so strengem Gewahrsam gehalten, daß niemand zu ihr dringen könne, doch werde sie sich, nach der Aussage des Vaters, mit kindlichem Gehorsam in die Wünsche der Eltern fügen.

So kam zu allen meinen Schmerzen noch die Tortur des Zweifels, ob Camilla nicht wirklich den kurzen Liebestraum vergessen und im Glanz der besprochenen Verbindung Ersatz finden werde. Dagegen freilich protestierte mein Herz; ich rief mir jeden Blick, jedes Wort jener wonnevollen Nächte zurück, die heiligen Schwüre ewiger Treue, mit denen wir unsern Bund besiegelt hatten, und ich sagte mir, daß sie ebenso treu sein würde wie ich. In meiner Verzweiflung suchte ich nach allen möglichen Auswegen, entwarf die tollkühnsten Pläne, zu ihr zu gelangen, sie aus ihrer Gefangenschaft zu entführen aber ich mußte mich als ohnmächtig erkennen. Jeder Versuch, selbst der der Bestechung eines Dieners, den ich erkaufen wollte, mißlang. Der Diener drohte, mich dem Marchese zu verraten, wenn ich noch etwas unternehmen würde, denn augenblicklicher Verlust seines Dienstes stehe auf der geringsten Übertretung der strengen Befehle. Nur so viel erhielt ich von dem Mitleid, das ihm mein Schmerz einflößte, daß er mir sagte, Barbara sei sogleich von der Marchesina getrennt worden. So schwand mir die letzte Hoffnung, etwas zu erfahren, oder eine Botschaft zu vermitteln. Der jähe Sturz aus Himmelshöhen in den Abgrund der Qualen war vollbracht. Meine Leiden waren so groß, daß ich erkrankte und mehrere Wochen, zwischen Tod und Leben schwebend, in wohltätiger Besinnungslosigkeit der Empfindung meines Unglücks entrückt wurde. Ich genas langsam, aber ich war nur noch ein Schatten meiner selbst; eine tiefe Schwermut hielt meine Seele gefangen und ich grübelte beständig darüber, auszufinden, welche Schuld wir begangen haben könnten, die so harte Sühne verlange. Endlich blieb ich bei dem Gedanken stehen, daß der heilige Michael durch uns beleidigt worden sei, indem wir seine Kapelle zum Austausch unserer Liebesversicherungen benutzt hätten. Daß aber jede Hoffnung für mich erloschen sei, wurde mir klar durch ein Zeitungsblatt, das mir zufällig in die Hände fiel und in dem mit Pomp angekündigt wurde, daß Graf S... aus Florenz demnächst in Rom erwartet werde, um seine Vermählung mit der Marchesina Camilla Seriola zu feiern. Ich zerriß das Blatt in tausend Stücke; so war sie also doch, ob gutwillig oder gezwungen, ihren Schwüren untreu geworden und wurde eines andern Frau. Der Gedanke schnitt wie ein Schwert durch mein Herz und ich wankte hier in diese Kapelle, die ich seit jener Zeit nicht wieder betreten hatte, warf mich vor dem heiligen Michael nieder und fragte, ob es noch nicht genug der Qual sei? Da schien es mir, als ob er mich anlächle und mir winke, bei ihm zu bleiben und zum erstenmal durchzuckte mich der Gedanke, Mönch zu werden und einer Welt zu entsagen, die mich um Glück und Liebe betrogen hatte; doch meiner Eltern gedenkend, verscheuchte ich ihn wieder. Tags darauf trat mein Vater, der mich jetzt stets nur sorgenvoll und traurig ansah, mit heiterem Gesicht in mein Zimmer und sagte: »Mein lieber Sohn, fasse Mut, vielleicht hat der Himmel Erbarmen mit deinem Schmerz, vielleicht wird noch alles unverhofft gut. Soeben hat der Marchese Seriola geschickt, um dich bitten zu lassen, unverweilt in den Palast zu kommen; man erwarte dich dort mit Sehnsucht, es sei äußerst wichtig, daß du sogleich dort erscheinest.«

Ich sprang auf, von Glück und neuer Jugendkraft durchströmt. Hatte der heilige Michael mein Gebet erhört, war ich genug gestraft und sollte mir nun das Heil kommen? Hatte Camillas Treue das Herz ihrer Eltern gerührt? »Ja,« jubelte es in mir und mit einem Dankgebet an unsern Schutzengel sank ich meinem Vater in die Arme, eilte rasch mich anzukleiden und sah mit Befriedigung, wie das Glück mir die Rosen der Jugend auf die blassen Wangen zurückrief. Dann flog ich mehr als ich ging dem Palast zu und mit ungestüm klopfendem Herzen ließ ich mich von dem Diener die Treppe hinaufgeleiten. Er führte mich schweigend durch eine Reihe prachtvoller Gemächer; bei der letzten Tür angelangt, hob er die schweren seidenen Vorhänge in die Höhe und winkte mir, einzutreten. Ich kam in ein beinah dunkles Gemach, in dem eine halb verhängte Lampe nur ein mattes Dämmerlicht verbreitete. An der Seite eines großen Himmelbettes kniete, das Gesicht in den Händen vergraben, eine Frau, in der ich die Marchesa erkannte; die alte Barbara stand zu Häupten des Bettes in Schmerz versunken, neben ihr ein Mann, der wohl der Arzt sein mochte. Der Marchese kam mir entgegen, all sein Stolz und seine Kälte schienen verschwunden, er faßte meine Hand und führte mich an das Bett, indem er mit bebender Stimme sagte: »Hier, Camilla, geliebtes Kind hier ist er lebe lebe und sei glücklich.«

Was mußte ich sehen? In dem Bette lag die so heiß Geliebte, weiß wie Marmor, nur noch ein Schatten, ein ätherisches Traumbild, das in Duft zu zerfließen schien. Bei den Worten des Vaters schlug sie die müden Augen auf und heftete auf mich einen langen, unbeschreiblichen Blick. Dann wendete sie sich zu den Eltern und sagte mit kaum hörbarer, trauriger Stimme: »Zu spät zu spät.« Mit einer großen Kraftanstrengung erhob sie sich hierauf von ihren Kissen, ihre Haare fielen wie ein schwarzer Mantel über ihre Schultern, ein seliges Lächeln verklärte ihr Antlitz und aus den Augen brach noch einmal ein Leuchten der alles besiegenden, allmächtigen Liebe. Sie reichte mir die weiße, kalte Hand und flüsterte: »Leb wohl, ich hielt meinen Schwur und blieb treu bis zum Tod. Bete zu unserem Schutzengel; ich werde dir durch ihn ein Zeichen senden, wenn es an der Zeit ist, uns zu vereinen auf ewig auf ewig «

Das Wort erstarb auf ihren Lippen, sie sank in ihre Kissen zurück, die weiße Lilie, die der Sturm geknickt. Ich war auf die Kniee gesunken und hatte meine Lippen auf ihre kalte Hand gedrückt, dann waren mir die Sinne geschwunden. Nach vielen Stunden fand ich mich im elterlichen Hause wieder, wohin man mich geschafft hatte. Sobald mir das Bewußtsein des Erlebten zurückkam, wollte ich fort, hin zu ihr, um jeden Preis sie noch sehen, sie retten mein Vater aber nahm mich in seine Arme und sagte: »Es ist vorbei; sie starb aus Liebe und im Himmel betet nun ein Engel für dich.«

Nach zwei Tagen weckte mich der Klang aller Glocken Roms aus der dumpfen Betäubung, in die ich verfallen war. Ich wußte, was vor sich ging. Keine Bitten, keine Tränen der Eltern konnten mich zurückhalten. Ich stürmte fort auf die Straße. Da nahte ein prächtiger Zug mit brennenden Kerzen und frommen Gesängen. Der ganze hohe Klerus Roms in vollem Ornat zog daher; ihm nach trug man eine Bahre, mit goldgestickten Samtdecken behängt, und auf ihr ruhte, in reichem weißen Seidengewande, das Haupt vom bräutlichen Schleier bedeckt und von Blumen wie eingerahmt, das Holdeste, was der Natur je gelungen und was der Mensch in seinem Wahn zerstört hatte. Alles, was Rom an Adel, Macht und Größe aufzuweisen hatte, folgte und eine unabsehbare Menschenmenge schloß den Zug. Wie ein Gerichteter schritt der Marchese hinter der Bahre her; mit diesem pompösen Leichenzug meinte er, sich vielleicht loszukaufen von der Schuld, daß er sein Kind elenden Vorurteilen zum Opfer gebracht hatte. Aber mir war es, als sähe ich Furien mit schwarzen Fittichen sein Haupt umrauschen und die rächenden Geißeln schwingen. Ich folgte dem Zuge, von einer unwiderstehlichen Gewalt getrieben, bis in die Kirche. Die Musik, die Weihrauchdüfte, der Katafalk, von unzähligen brennenden Kerzen umgeben, auf dem die Braut, wie von einer Glorie umstrahlt lag, die Exaltation des brennenden Schmerzes in mir alles das versetzte mich in einen unbeschreiblichen Zustand. Ich schien mir selbst schon losgelöst von den Banden des Körpers, ihr in höhere Regionen nachzueilen zur himmlischen Hochzeitsfeier. Nur als die Zeremonie zu Ende war, als die Menge sich zerstreute, als man die Bahre hinunterhob, um die geliebte Hülle auf ewig dem Licht zu entziehen und der grausen Verwesung zu übergeben, da faßte mich eine an Wahnsinn grenzende Verzweiflung. Ich stürzte mich auf die Bahre, riß den Schleier zurück, drückte einen Kuß auf das bleiche, kalte Antlitz und rief: »Im Leben habt ihr mir sie geraubt, im Tode ist sie mein.« Eine feste Hand riß mich empor; mein Vater war mir gefolgt und führte mich mit sanfter Gewalt aus der Kirche. Aber in der Nacht, als ich auf meinem Lager schlaflos lag, war es mir, als schwebe meine holde Freundin in himmlischem Glanz an mir vorüber und ich hörte wieder jene Worte: »Bete zu unserem Schutzengel, ich werde dir durch ihn ein Zeichen senden, wenn es an der Zeit ist, uns zu vereinen auf ewig.«

Da stand mein Entschluß fest. Nach kurzer Zeit trat ich als Novize in dies Kloster. Hier habe ich gelebt, gelitten und getrachtet, mit reinem Herzen und inbrünstigem Flehen auch die loszukaufen, die ich neben mir so wenig im Geist und in der Wahrheit wandeln sah. Ich erachtete es als einen Teil meiner Buße, durch die ich mir die Seligkeit, an ihrer Seite im Paradies zu weilen, verdienen solle, in einer Gemeinschaft zu leben, in der oft die rohesten Elemente, die widrigsten Sitten vorherrschen und die nur zu oft den Geist ihres Stifters verleugnet, ja ihn gar nicht begreift. Mein Leben war ein langer Kampf um die erhabene Resignation des D a s e i n m ü s s e n s und ein Hoffen auf das Zeichen, das mich erlösen soll.

Nun könnt Ihr meinen frohen Schreck begreifen, als, nachdem ich heute abermals aus Herzensgrund gefleht hatte, der heilige Michael möge bald das Zeichen der Erlösung senden, ich Euch vor mir stehen sah, so ganz und gar dem Göttlichen ähnlich, wie ihn der Künstler sich gedacht hat, und wer weiß« sagte er, indem er mit der Hand nach dem Herzen fuhr, »hier ist's schon lange krank doch nun lebt wohl, Herr, die Vesperglocke ruft. Verzeiht, daß ich Euch die lange Leidensgeschichte erzählte. Aber die Hoffnung, daß die Erlösung nahe, löste mir die Zunge, denn bis jetzt hat niemand dies alles aus meinem Munde gehört. Es hat mir wohl getan, es noch einmal aussprechen zu können. Nehmt es hin als mein Vermächtnis.«

»Ich danke Euch recht innig, ehrwürdiger Vater,« sagte ich, gerührt seine Hand drückend; »es wird mir eine teure Erinnerung bleiben und ich werde meine Ähnlichkeit mit diesem Bilde segnen, wenn sie Euch Trost gebracht hat, obgleich ich hoffe, daß das Zeichen noch lange ausbleibt und daß ich Euch noch oft wiedersehe.«

»Wünscht vielmehr, daß es gegeben sei,« sagte der Mönch sanft lächelnd, winkte mir grüßend mit der Hand und verschwand in der Sakristei.

Schon längst hatte während der Erzählung mein Pinsel geruht. Auch jetzt fühlte ich mich unfähig, weiter zu arbeiten; ich stellte meine Gerätschaften beiseite und ging einsam in die Campagna hinaus, um dem Gehörten nachzudenken. Ich malte mir das Bild der schönen Camilla aus und dachte, daß es in diesem heißblütigen Lande wohl noch solche Julien geben mag, wie sie Shakespeares welterratende Phantasie geahnt und als ewiges

Originalbild südlicher Liebespoesie hingezaubert hat, und fragte mich, ob wir in unserem hochverständigen, gebildeten und vor allen Dingen berechnenden Norden viele Beispiele solcher Hingabe und Treue finden würden?

Voll Sehnsucht, meinen Mönch wiederzusehen, eilte ich des andern Tages in die Kapelle und begab mich, seiner harrend, an die Arbeit. Er kam nicht, aber ich bemerkte ein ungewöhnliches Hin- und Hergehen der Mönche, die mit allerlei Vorkehrungen in der Kirche beschäftigt schienen und als endlich einer sich in meiner Nähe etwas zu tun machte, fragte ich ihn, was vorgehe, ob man ein Kirchenfest vorbereite. »Nein,« lautete die Antwort, »einen Trauergottesdienst; einer unserer Brüder ist diese Nacht gestorben.«

Ich erschrak und von einer Ahnung erfaßt, fragte ich: »Doch nicht der Bruder, der gestern hier bei mir in der Kapelle war?«

»Derselbe,« war die Antwort des Kapuziners, »er war gestern Abend noch in die Kirche gegangen, um hier in der Kapelle, wie er öfter zu tun pflegte, die Nacht im Gebete zuzubringen. Heute Morgen fanden wir ihn tot am Altar unter dem Bild des heiligen Michael. Er litt schon lange am Herzen und da geht es oft schnell.«

Mir war seltsam zumute. Wenig geneigt zu mystischen Anwandlungen, konnte ich mich doch einer tiefen Ergriffenheit nicht erwehren. Es war dies eine solche Kombination von Umständen, wo es dem Menschen scheint, als ob eine übernatürliche Macht sich fühlbar mache und in ungewöhnlicher Weise in das Leben eingreife und ich war nicht in der Stimmung, mir mit positivistischer Nüchternheit zu sagen, daß wahrscheinlich das ungewöhnliche Zusammentreffen meiner Erscheinung mit dem von ihm erwarteten Zeichen und dann die Erzählung des so lang verschwiegenen Jugenderlebnisses den armen Greis zu sehr aufgeregt und den Aneurysmus gesprengt habe. Ich packte still mein Malergerät zusammen; es wäre mir wie Profanation erschienen, die Arbeit fortzusetzen.

»Ich habe meine Mission erfüllt,« dachte ich, indem ich noch einmal zu dem Bilde aufsah, »ich danke dir, daß du mich gebraucht hast, jenes Geprüften irdische Bande zu sprengen. Hast du ihn mit seiner Camilla vereinigt auf ewig?«

Mit dieser Frage auf den Lippen verließ ich leise die Kirche, wie um die Ruhe des Toten nicht zu stören. Ich kehrte auch nicht dahin zurück, solange ich in Rom war. Es war mir, als müsse dort fortan ein leiser, erhabener Hymnus der erlösenden Liebe tönen und ich konnte das näselnde Psalmodieren der Mönche nicht aushalten.